일상 속 상상 다이빙

일상 속 상상 다이빙

김민주 글 * 그림

무한

삶은 내게 겪지 않아도 될 일들을 선물했지만

그로 인해 비로소 아직도 내게 소중한 것이 남아있음을 알게 했다.

감사의 말

사랑하는 가족과

비 오던 날 기꺼이 우산을 내어 준 친구

마음으로 보듬어 준 고마운 사람들과

이 글이 세상에 나올 수 있게 도와주신 모든 분들께

그리고,

지금 이 글을 읽고 있는 아름답고 낯선 당신에게

감사의 마음을 전합니다.

- 김민주 드림 -

목차

제2장   아날로그 라이프

제3장 크리에이터의 눈으로 바라보는 일상, 그 달콤함에 대하여

제4장　상상 정원 레시피

제5장 당신은 마음과 같은 길을 걷고 있나요?

제 1 장   일상의 예술

1. 일상을 담은 예술, 예술을 닮은 일상

* * *

삶의 굴렁쇠

얼굴이 반쪽이 되거나, 체중이 늘거나
지독한 사랑의 열병을 앓거나, 지독히 외롭거나
특별히 잘될 때나, 엉망일 때나
가진 것이 많을 때나, 그렇지 않을 때나
삶의 굴렁쇠는 소리 없이 굴러간다.

유년 시절의 봄,
십 대의 여름,
이십 대의 가을,
삼십 대의 겨울,
그리고 다시 순환하는 삶의 사계절.

삶의 환절기마다 우린 계절의 파도를 타고
두서너 개쯤의 독감을 이겨내며
스스로에게 가장 적합한 면역체계를 만들어간다.

독감의 증상과 빈도에 상관없이
누구에게나 주어지는 삶의 환절기와 굴렁쇠.
자갈밭과 아스팔트 위에서 굴렁쇠를 굴리는 법과
삶의 환절기마다 돌아오는 계절의 파도를 견디는 법을
우린 알고 있다.

나는 아직 삶처럼 달콤하며 떫고,
연약하며 강단 있는 것을 본 적이 없다.

* * *

스쳐 지나가는 것들의 아름다움

식당에 놓인 하얀 냅킨 속의 숨겨진 패턴
식탁 위로 재빠르게 놓여지는 숟가락과 젓가락의 꼼꼼한 장식
특별할 것 없는 오늘의 하얀 머그잔과 커피
그리고, 그 안에 담긴 우리의 일상.

동네 담벼락을 타고 흐드러진 오월의 장미,
모두가 잠든 밤 가로등 불빛 아래 별처럼 빛나던
조금 특별한 여름 냄새.

화려하지 않아도,
그렇게 편안하게 일상 속으로 걸어 들어오는 것들은 언제나 반갑다.

익숙하다는 이유로 대수롭지 않게 지나치는 우리의 일상은
예술의 형태로 구체화되지 않았을 뿐,
평범한 매일을 특별하게 만드는 알짜배기 진주들로 가득한 보물섬.

* * *

다독이는 의자

저마다의 '봄'을 꿈꾸며 사는 우리.
때론 언제일지 모르는 봄의 불확실성이 오히려 오늘을 버티는 힘이 되기도 한다. 설령, 아득한 훗날의 봄이라 해도 치유의 최면이 필요한 계절을 사는 우리니까.

강한 척, 쿨한 척, 아무 일 없는 척하는 것에 지칠 때,
침대에서 한 발짝도 움직이기 싫을 만큼 허옇고 멀건 때.

누군가로부터 듣고 싶던 말들이 새겨진 작은 의자 하나가 도심 속 오아시스처럼 있어 준다면 어떨까 하는 작은 상상 하나. 문득 누군가에게 마음을 들킨 것처럼 가슴이 내려앉아도, 잠시 눈앞이 흐려져도 당신이 잠시 쉴 수 있다면.

힘들었죠,
오늘도 수고 많았어요.
내가 알죠, 그 마음.

토닥토닥.

* * *

감정의 정원

누군가와 '함께' 시간을 보내는 일.

같이 음식을 먹고, 함께 길을 걷고
딱히 특별하지 않아도
팝콘처럼 샘솟는 이야기 속에 흐르는
말랑말랑한 마음속 그 감각.

언제부턴가 함께의 의미가 '시간을 내야 하는 일'이 되어버렸다. 그렇게 조금씩 우린 서로에게 둔해지고 함께 시간을 보내지 않아도 상대가 자신의 마음을 읽어주길 바라는 오류를 범한다. '우리'란 단어가 어색하게 입술을 맴도는 그 순간에도. 누군가 알아서 문을 열고 들어와주길 바라는 기대는 일찌감치 접었다. 기대와 실망 사이의 빈틈에 발을 헛디디고 싶지 않았다. 다만 누군가 나의 정원 앞을 서성일 때, 황량한 사막 한가운데 오아시스 같은 사람이 되고 싶었다.

그래서 매일 조금씩, 나는 나의 정원을 가꾸기 시작했다. 하늘을
나는 자동차가 평범한 일상이 되는 그날이 와도 언제나 따뜻한
마음속 그 감각을 잊지 않도록.

어느 날,

누군가 나의 정원 문을 두드릴 때

한 줌의 청량한 그늘과 한 컵의 맑은 물,

흙 조금, 꽃 몇 송이와 함께

용기 내어 들여놓은 그 발걸음, 후회하지 않게.

* * *

크리에이티브의 또 다른 의미

매일 살뜰히 살펴 주면 다시 깨어날 당신 안에 숨은 소중한 크리에이티브한(Creative) 감성. 어디에 있든, 무엇을 하든, 각자의 삶 속에서 이미 많은 것들을 리디자인(Redesign)하며 살고 있는 우린 모두 일상 속 숨은 크리에이터들이다.

'크리에이티브'란 단어는 단순히 눈에 보이는 무언가를 만들어내는 것을 넘어 누군가의 꿈과 아픔을 응원하고 안아주는 일, 따뜻한 심장이 일궈내는 일상의 모든 가치들, 그리고 지친 마음을 일으켜 세우는 사랑의 에너지를 모두 포용하는 크고 넓은 표현이다.

뭇사람들의 입에 오르내리는 세상의 명작들 역시 매일의 크고 작은 생각과 감정들이 무성한 일상 가운데 그 시작이 있었다. 익숙함을 당연하게 여기지 않는 순간 우리의 일상은 새로운 프레임 속에서 재탄생되고, 무심코 당연하게 흘려보내는 평범한 일상 가운데 우리가 상상하고 꿈꾸는 모든 크리에이티브의 마법이 존재한다.

플로리스트의 섬세한 손놀림,
쉐프의 새로운 메뉴 개발을 위한 노력,
하나의 디자인 속에 담긴 수많은 시행착오,
사랑하는 가족을 위한 엄마의 정성스런 한 끼.

그리고,
조금 더 나은 자신을 위해 끊임없이 노력하는
당신의 머릿속에 있는 모든 것.

이미 당신의 일상 속에서 충분히 크리에이티브한 당신,
이젠 그런 자신을 당신이 먼저 믿어 줄 차례.

* * *

로우 슈가

꿈은 로우 슈가(Raw Sugar)처럼.

정제된 설탕처럼 마냥 달진 않아도
그 방향과 반경을 예측할 수 없는
다듬어지지 않은 꿈 그대로의 꿈.

심장이 뛰는 동안 우리는 꿈꾸는 것을 멈추지 않을 것이고,
그 꿈의 지휘봉을 들고 있는 사람은 오직 당신뿐이다.

2. 일상의 예술 I – 사랑

* * *

태양의 반쪽

젓가락의 반쪽과 운동화의 반쪽,

커피의 반쪽과 태양의 반쪽.

세상 대부분의 것들에게 '반쪽'이 있다고 믿는 우리.

젓가락의 반쪽은 숟가락,

커피의 반쪽은 달달한 케이크.

아니, 어쩌면

젓가락의 반쪽은 젓가락을 사용하는 손가락,

운동화의 반쪽은 이곳저곳을 누비는 두 발,

커피의 반쪽은 아침을 여는 작은 머그컵.

나는 모두가 분주한 아침보다 미세한 색의 경계로 세상의 시간을 느릿하게 잡아당기는 어스름한 저녁이 좋다. 미끄러지듯 스르륵 침대 이불 속으로 들어가 머리맡에 난 발코니 창으로 순간의 단위로 변하는 노을을 보고 있으면 꼭 하루를 보상받는 느낌이 든다. 그날도 난 어김없이 발코니 쪽으로 눈을 돌렸다. 하지만 그날의 하늘은 생기 없는 멀건 얼굴로 창백했다. 조금 실망한 나는 혹시나 하는 마음에 발코니 창을 열어 이리저리 둘러보았지만 그날은 그것이 전부인 듯했다. 오늘은 아닌가 싶어 문을 닫으려다 문득 지평선 작은 귀퉁이에서 여느 때보다 고운 선홍빛으로 하늘을 물들이는 태양을 보았다. 나는 커튼을 꼭 움켜쥐고 태양이 지평선 너머로 사라질 때까지 창가에 기대어 순간을 기억 속에 그것을 눌러 담았다. 혹시 노을이 조금 쉬고 싶었을까. 그래, 그랬을 수도 있겠지. 누구나 다 '그럴 때'가 있으니까 하는 생각을 하면서.

어쩌면 태양의 반쪽은 달이 아닌

매일 저녁을 함께하는 노을일지도 모른다.

같은 하늘을 공유하지만 함께할 수 없고

태양이 사라진 후에 모습을 드러낼 수밖에 없는 달이 아닌.

* * *

사랑의 회전축

사랑에 조금 서툴렀고,

그때 그 사람이 내 사람이 아니었으며,

또 내가 그 사람의 사람이 되어주지 못했다 한들 어떤가.

우린 그렇게 또 누군가와 다시 사랑을 하고

구멍 난 서로의 가슴을 쓸어안으며

서로의 온기로 다시금 안도하는 사랑의 회전축,

그 안에 있는 걸.

나는 그대가 불완전함이 완성하는 함께의 의미를,
서로의 아픈 결을 보듬는
사랑의 뒷모습을 이해하는 사람이었으면 좋겠다.

예고 없이 불쑥 찾아든 사랑이
갈라진 서로의 어둑한 구석에 빛을 놓아두고
지난 사랑의 흔적들을 따뜻하게 덮어줄 수 있도록.

서로 다른 성향과 감정의 계절에 서 있는 너와 내가
각자의 방식이 아닌,
'우리'라는 이름으로 마침내 함께할 수 있도록.

* * *

'너'라는 기적

사랑이란 것이 그렇다. 서로가 머물러 있는 감정의 계절과 타이밍
이 퍼즐조각처럼 또각 소리를 내며 들어맞은 후 비로소 사랑이 사
람을 움직인다. 당첨될 확률은 지극히 희박하지만 누구나 한번쯤
꿈꿔 보는 그런 기적의 확률처럼.

처음 손을 잡던 날,
심장이 내 것 같지 않아도 괜찮던 그날의 온도를
잊지 않을 확률.

케미스트리의 유효기간이 훨씬 지난 후에도
사랑이란 감정이 또 다른 모습으로 성숙해질 수 있는 기회를
서로에게 허락하겠다는 무언의 약속이 이루어질 확률.

모든 그럼에도 불구하고들에도
나의 문장의 시작과 끝에 네가 사는,
너라는 봄이 삶에 기적처럼 날아들 확률.

나는 그것을 '너'라는 기적이라 부르고 싶다.

* * *

스윗하트

사랑이 꼭 남녀 사이에만 존재하는 건 아니다. 내겐 가족과 친구, 그리고 유약하기 짝이 없는 내가 매일의 파도에 휘청이지 않도록 묵묵히 곁을 지켜 주는 모든 이들이 나의 사랑이다.

지금, 당신을 사랑하고
당신이 사랑하는 이들이 곁에 있다면
마음 깊숙한 곳에 숨겨둔 그들의 사소한 그늘까지 안아주길.
매일, 조금씩 더.

우린 그렇게 모두 누군가에게,
그리고 또 누군가의 소중한 '스윗하트(Sweetheart)'니까.

* * *

누군가를 지켜낸다는 의미

때론 '지켜주고 싶은 누군가가 있다'는 지극히 단순한 사실 하나가 모든 상처를 견디게 하는 가장 강력한 삶의 이유가 되기도 한다. 가시덤불로 덮힌 계단을 오르는 그 길에 한 손이 모두 까져버려도 고개를 돌려 보면 늘 다른 한 손엔 반짝이는 진주 하나가 쥐어져 있었다.

우리의 아버지들이 그러하고,
어머니들이 그러하고,
당신이 사랑하고,
당신을 사랑하는 사람들이 그러하듯.

사랑은 단순하다.

3. 일상의 예술 Ⅱ - 삶

* * *

'함께'라는 이름

"알고 보면 좋은 사람이 아닌 사람은 없어.
단지 마음을 나눌 수 있는 사람과
그렇지 않은 사람으로 나뉠 뿐이야."

나는 두 손으로 가만히 머그잔을 감싸며 말했다. 웃을 때 예쁜 반달눈이 되는 그녀는 생긋 웃으며 고개를 끄덕였다. 늘 좋거나, 고약한 사람은 없다. 좋은 사람이라 생각했던 사람도 상황에 따라 변할 수 있고, 내 사람이라 부르는 테두리 밖에 있던 이들이 어려울 때 뜻밖의 힘이 되기도 한다. 돌이켜 보면 모든 것은 선택의 문제였다. 단지 그것이 선택의 문제였다는 것을 깨닫지 못했을 뿐이다. 수많은 관계의 틀어짐 가운데 우리가 할 수 있는 일이 있다면 다가올 다음의 가능성을 지레 포기하지 않는 것이다. '함께'라는 이름으로 다가올 다음 관계에 대해 미리 단정 짓지 않는 것.

세상의 모든 것이 내 것이 될 필요도 없고 세상의 모든 사람이 내 사람들이어야 할 이유도 없다. 내 사람들이라면 세월과 함께 깊어 질 것이고, 그렇지 않은 사람들이라면 아닌 채로 나와 다른 세상을 살아갈 것이다. 가슴속 깊은 멍울까지 아낌없이 품어주는 이들이 곁에 있다면 우린 함께 계속 걸을 수 있다. 드라마처럼 매 순간이 극적이거나, 삐까번쩍하지 않은 일상이어도.

내 곁에 무엇이 있는가보다 중요한 것은
너와 내가 함께라는 이름으로 서로에게 존재하고 있는가이다.

어른 사람

필사적으로 매달려야 할 일들과
관계의 멀미 속에서 평정심을 유지할 줄 아는 능력자.

내게 어른이란 그 모든 능력을 두루 갖추어야 비로소 완성되는 일
종의 두려운 명제였다. 스무 살의 관문을 넘으면 세상은 이제 성인
이 되었으니 그 수식어에 걸맞은 성숙한 사회인이 되기를 요구한
다. 어른이란 각자의 명제를 바로 세우기도 전에 이미 어른이 되어
버리는 것이다. 편의점에서 손쉽게 구할 수 있는 물건도 아닌 경험
이 주는 연륜이란 선물을 어디서 갑자기 얻을 수 있을까. 세상은 스
스로 터득해 나가는 것이라 말하지만, 우리에게 어렴풋이나마 각자
의 명제를 준비할 수 있는 수료과정이 있었다면 혹시 조금 더 수월
했을까. 그 역시 알 수 없지만 모두가 그러했듯 나 역시 셀 수 없이
넘어지고 주저앉으며 부끄럽게도 꽉 찬 나이가 되어서야 '어른은
매일 조금씩, 새로운 능력을 배워가는 사람'이라는 나만의 명제를
세웠다.

실수를 실패가 아닌 도약으로 만드는 능력,
누군가의 마음을 다치지 않게 배려하는 능력,
서로의 아픔을 이해하는 공감이라는 능력을 배워가는
마지막 순간까지 삶의 재학생이라는 명제.

하루 더해 하루,
그렇게 우린 아직 어른이 되어가고 있는 중이라는
현재 진행형의 조금은 다행스럽고, 또 조금은 아쉬운 그런 명제.

* * *

비 오는 날의 위로

최고만 대우받는 경쟁의 틈바구니에서,
스스로의 가능성을 의심하는 거울 앞에서,
생존을 위해 흘리는 수고의 땀방울 안에서,
잃어버린 오후의 햇살 그 어디쯤에서,
오늘도 최선을 다한 당신에게.

그만하면
오늘도 잘 해냈다고.

* * *
세상의 반짝이는 모든 것들

마음을 다한다고 진심이 언제나 받아들여지는 것은 아니다. 하지만 진심은 당신의 노력을 헛되게 만들 만큼 냉정하진 않다. 그것이 설사 지금 당신의 노력이 빛을 보지 못하고 있다 해도 세상의 반짝이는 것들을 향한 낮고 우직한 걸음을 멈추지 말아야 할 이유이다. 언젠가 상처로 굳어진 누군가의 메마른 땅을 당신의 따뜻함이 적셔 줄 그날까지.

가장 기본적이고 누구나 알지만 지키기 어려운 것들은
그렇게 낮은 곳에서 아주 평범한 모습으로
디딤돌처럼 세상을 떠받친다.

* * *

최선을 다해, 느슨하게

알아야 할 것도 많고 배워야 할 것도 많은 세상. 부지런히 따라가 보지만 뒤처지지 않는 것만 해도 다행이다. 가끔 호락호락해 주는 맛도 있으면 좋으련만, 세상 참 만만치 않다. 그래도 때론 그 수많은 할 일들에게 용감하게 타임아웃을 외칠 필요도 있다.

오늘의 주인이 당신임을 기억하며 살기 위해,
삶의 무게에 주객이 전도된 스텝에 발을 헛디디지 않도록.

모든 것이 미지수인 능력 밖의 것들에 대해 힘 빼지 않고
가까워지려 애쓰지 않아도 곁에 있어주는 이들에게 감사하며
또, 그들을 내 자신처럼 아껴주면서.

하루의 시작과 끝,
당신에게 주어진 모든 오늘들을
최선을 다해, 느슨하게.

* * *

나의 멘토, 삶 I

바라는 바는 많아도 생각한 대로 흘러가지 않는 것이 삶이다. 오늘의 스물네 시간 안에 담긴 달고, 쓰고, 시고, 매운 모든 감정들은 내게 영감의 재료가 된다. 때로는 원하는 바와 다른 방향으로 전력 질주하는 삶의 속도를 따라가지 못한 채 내동댕이쳐질 때도 있었다. 하지만 삶은 늘 흔들어 놓은 만큼의 선물을 놓아두었다. 내가 글을 쓰고 그림을 그릴 수 있었던 이유도 그것이었다. 생의 한가운데 삶이 나를 위해 놓아둔 상자를 열었을 때, 그 속에는 대단하고 특별한 무엇 대신, 늘 함께여서 당연했고 익숙해서 무감각했던 소중한 것들이 있었다. 예측할 수 없는 들쭉날쭉한 이야기들로 채워진 하루의 챕터들은 그렇게 일 년, 그리고 다시 십 년의 단위를 더해 가며 나만의 한 권의 책이 되었다.

당신의 멘토가 꼭 유명한 누군가일 필요가 있을까.

주저앉은 당신을 따뜻하게 안아주는 사람들,

일 년 삼백육십오 일의 흔들림 속에서

단단해진 당신만의 소중한 삶의 경험들.

보일 듯 보이지 않고

익숙하지만 낯선 세상의 모든 것들,

그것으로도 이미 충분한 것을.

* * *

삶 Ⅱ

모든 건물들이 레고처럼 작아지더니 이내 구름 아래로 사라졌다. 그리고는 빙하가 옅게 갈라진 앵커리지 위를 지날 때쯤 하늘과 구름과 바다 외엔 아무것도 없었다. 뭘 위해 그렇게 아둥바둥 살았을까. 이렇게 보니 작은 점, 자연 앞에선 그마저도 초라한데.

삶의 한가운데에서는 모든 것들이 커 보였지만 삶의 밖으로 비켜서니 모든 것들이 작아진다. 삶은 본래 지극히 단순하고 평안한 것이었을 것이다. 비행기에서 유일하게 본 영화, '나, 다니엘 블레이크'라는 영화의 마지막 대사가 머리를 맴돌았다.

"I, Daniel Blake, am a citizen, nothing more and nothing less."

아프지 말자,
그리고 계속 사랑하자.
그것이 누구이든, 무엇이든 .

제 2 장   아날로그 라이프

1. 잠깐만요

* * *

여보세요

따르릉, 딸깍.

"나야, 오늘 점심 같이 할까?"
"그래, 좋아."

나는 문자보다 전화기 너머 들려오는 누군가의 목소리가 좋다. 어렴풋이 들리는 보이지 않는 웃음소리를 상상할 수 있어 좋고, 오해 없이 감정을 읽을 수 있어 좋고, 수화기 너머 들려오는 배경 소리는 왠지 모르게 정겹다.

달그락거리며 탁자에 놓이는 접시들,
수화기 너머 희미하게 겹치는 누군가의 목소리,
같은 시간, 다른 공간 속에 존재하는 사람 냄새 가득 담은 소리들.

10년을 훌쩍 넘긴 오랜 타지 생활은 그렇게 내게 익숙한 외로움과 사람에 대한 그리움을 새겼다. 가끔 누군가를 만나 밥 한 끼, 커피 한잔 나누는 자리에서 나는 팝콘처럼 말을 쏟아내곤 한다. 익숙한 외로움의 부작용이다. 굳이 말하지 않아도 서로의 마음에 가 닿는 사람 냄새 나는 진짜의 것들이 그리워서.

아직도 나는
"나야." 하는 첫마디가 반가운 조금 느린, 그런 사람.

* * *

뭐해?

문자 메시지의 마지막 인사말을 고민하지 않아도 되는 관계
하루 중 어느 때고 '뭐해?'란 문자가 어색하지 않은 관계
'근처야'란 말에 반갑게 시간을 만들 수 있는 관계
숨겨 둔 속마음도 두려움 없이 꺼낼 수 있는 관계
함께 있지 않아도 이미 '함께'인 그런 관계.

해가 바뀔수록,
시간과 함께 익어가는 그런 관계들이 자꾸 그립다.

11:27pm 뭐해?

흔한 새해 소원

일 년 열두 달이 눈 깜짝할 새에 지나고 새로운 계절이 어김없이 문을 두드린다. 새 계절이 찾아올 때마다 새로운 다짐들은 언제나처럼 머릿속을 빼곡히 채우고 미처 행동으로 옮기지 못한 채 남겨진 낡은 것들은 기억의 한편으로 밀려난다. 하지만 새 계절이 찾아올 때마다 새로운 것들에게만 관심을 쏟아야 한다고 누가 그랬던가. 해가 바뀌어도 변하지 않고 시간과 함께 깊어지는 것들이 있다. 친구와 가족, 고마운 사람들 그리고 지난해에 이어 올해도 열심히 살아가는 우리 자신의 모습. 흔하디 흔한, 올해 나의 소원은 다가올 다음 계절에도 변하지 않고 깊어지는 것들에 대한 관심을 아낌없이 이어가는 것이다.

어제보다 오늘 더,
흔들림 없는 고운 걸음들을 위해.
나의 소중한 사람들을 위해.

* * *

하루의 영양소

하루가 어떻게 지나가고 있는지, 잘 들여다봐야 한다.

하루의 필요한 영양소가 몸과 마음에 충분히 전달되고 있는지,
그 중요한 일을 그냥 '대충' 때우지 않게.

바쁜 하루 속 잠깐이라도
자신만을 위한 시간을 내는 것은
언제나 중요하다,
그것이 무엇이든.

* * *

갈대의 꿈

사실 나는 유약하고 셈에 서툰 사람이다. 다만 생존의 문제 앞에서 누구나 그렇듯 상어에게 잡아먹히지 않으려 최선을 다할 뿐이다. 덕분에 나는 뜻밖의 많은 것들을 해내기도 했고 또 그것들을 잃기도 했다. 모든 사람들을 동시에 만족시키거나 혹은 모든 것을 동시에 가질 수 있는 완벽한 선택은 존재하지 않는다. 오히려 모든 것을 완벽하게 쓸어 담으려 하면 할수록 자신은 소진된다.

적지도, 많지도 않은 나이.
나는 눈부시게 아름다운 햇살도 걸었고 흐린 구름 사이도 걸었다. 어떤 날은 살이 나간 우산을 움켜쥐고 걸었고, 또 어떤 날은 마르고 갈라진 땅을 맨발로 걸었다. 눈물이 마른 것인지 우는 법을 잊은 것인지 알 순 없었지만 나는 걷고 걷고 또 걸었다. 그리고 이젠 바람 따라 흔들리는 줄기보다 뽑히지 않는 뿌리의 힘으로 산다. 한 치 앞도 모르는 게 사람 일이지만 어디에 내놓아도 뒤지지 않는 적응력을 가진 존재 역시 사람이다. 뒤늦은 나이에 처음부터 다시 시작하는 나의 두 번째 꿈은 자갈밭에 뿌리내린 갈대처럼 위태롭지만 나는 또 걷는다. 내게는 지켜주어야 할 사람이 있고, 생(生)은 아직 내게 많은 날들과 살아야 할 이유를 보여주었다. 타인에 의한 선택이 아닌 내 자신의 의지로 다시 짓는 두 번째 울타리가 어찌 생겼는지 확인하기 위해서라도 더 가봐야겠다. 그곳이 정말 내가 상상한 그대로일지, 아니면 전혀 다른 모습일지. 이왕이면 어느 볕 좋은 따뜻한 오후, 문득 '그때 그리하길 참 잘했다'고 스스로에게 웃어줄 수 있도록.

그때는 왜 그리 복잡하게 생각했는지 모르겠다.
때로는 그 생각이란 것이 발목을 잡는다는 것을 알면서도.
일단 한번 해 보자라는 결심.
하다 보니 생각보다 할 만한.
모든 것은 그 마음에서 시작되었다.

열린 결말

만약 내가 당신의 눈을 보며 가만히 웃고 있다면 당신과 조금 더 시간을 함께 보내고 싶다는 뜻이고, 만약 밥 한 그릇을 뚝딱 비우거나 빈틈이 많다면 당신이 편안하다는 뜻이다. 속마음을 세련되게 표현하지도 못하거니와 차가운 인상을 가졌다는 말을 곧잘 듣는 덕에 누군가를 첫인상으로 판단하지 않는다. 그래서 겪어보기 전에는 누군가를 따라다니는 이야기들을 잘 믿지 않는 편이다. 듣던 대로 나와도 비슷한 이야기를 써내려갈 사람일지, 아님 뜻밖의 이야기들로 나와의 페이지를 채워나갈 사람일지에 대한 결말은 그래서 언제나 '오픈(Open)'이다. 나와 그 사람만을 위한 페이지를 비워두는 것이다. 때로 찢어지거나 다음 장으로 넘어가지 못한 채 단 한 줄의 문장을 남긴다 해도 닫힌 결말보다는 열린 결말이 더 나을 거란 믿음으로.

한 글자도 채우지 못했던 텅 빈 페이지,
시간이 필요했던 페이지,
지난 후에야 비로소 이해되던 페이지,
모두 삶의 기억들을 담은 기록이므로.

읽을수록 정이 가는
다음 챕터가 궁금한 사람,
나도 누군가에게 그런 사람이고 싶기에
나의 결말은 언제나 오픈이다.

행복 레시피

원하는 것과 필요한 것,
잡아야 할 것과 놓아야 할 것을 구분하는
선택 한 스푼.

머무를 때와 떠날 때,
변하는 것과 변하지 않는 것을 기억하는
겸허함 두 스푼.

소중한 사람들을 지켜낼 단단한 심장과
두려움을 외면하지 않을 용기 세 스푼.

비록 꽃길이 아니라 해도
우리, 맛있게 먹자.
우리에게 주어진 행복.

보나뻬띠(Bon appétit).

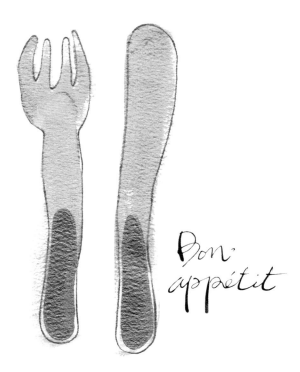

Bon
appétit

2. 민낯

* * *

비

삶의 세찬 소나기 아래,
두 가지 유형이 있다.

단걸음에 뛰어가 우산을 사오거나
처마 밑으로 재빨리 비를 피하는 사람.
뛰지도, 미처 피하지도 못한 채
별수 없이 그 빗속을 걸어가는 사람.

내리는 비에 대처하는 방법은 모두 달라도 같을 것이 하나 있다면,
세찬 빗줄기로부터 지키고 싶은 것이 꼭 한 가지씩은 있다는 것.
그리고 그것이 무엇이든.
그 순간 당신에게 있어서 가장 중요한 것이라는 것.

기억하자.

내리는 비를 멈추게 할 수는 없지만,

'지키고 싶은 것을 지킬 수 있는 능력'이 우리에겐 있다는 것을.

* * *

관계의 우주

서로 다른 세계를 가진 사람들이 서로에게 반짝이며 다가간다.

때론 처음부터 하나였던 것처럼
때론 평행선으로
때론 가까웠던 거리가 무색한 속도로
자신의 행성으로 돌아가기도 하는 관계의 우주.

수많은 관계의 틀어짐 속 가운데 우리는 서로에게 원망의 화살을
겨누지만 나는 그것이 어느 누구의 잘못도 아니라고 생각한다. 각
자의 삶이 지닌 중력의 무게가 달랐을 뿐이고 서로 맞지 않는 신발
을 신고 애쓰다 더 이상 신을 수 없어 벗었을 뿐이다.

누군가를 미워하는 감정이 깊어지면 헤어나올 수 없는 잠식의
방에 갇힌다. 차라리 의미 없는 방전의 시간들은 세월의 강(江)
속에 묻어 두고, 맞지 않는 신발을 신고 서로 같이 걸어 보겠노라고

노력한 기특한 시간들에게 의미를 두는 것은 어떨까. 그것만이 관계의 가시에서 서로를 구할 수 있는 유일한 선택일 테니.

수많은 소행성들의 밀고 당김이 반복되는 관계의 우주.
부디 나와 가까운 행성의 주인들은
에고(Ego)의 중력을 거스르는 튼튼한 심장을 가졌길.

그리고 나 또한 그들에게 그러하길,
서로 멀어지지 않게.

* * *

성장 비례의 법칙

아픔과 성장이 언제나 비례하는 것은 아니다.
비례할 경우는 오직 아픔을 성장의 연료로 쓸 때만이다.

* * *

인연

서로의 삶 속에 머무르기로 마음먹는 것.
모든 '그럼에도 불구하고'의 이유들을 거슬러.

* * *

용감해져야 될 때

밤 10시,
나의 시계는 남들과 조금 다르게 돌아간다.
카페인에 민감한 시간에 마시는 카푸치노 원샷에 기대서라도.
짧은 대화 가운데 누군가 말했다.
용감하다고.

대답했다.

"용감해져야 될 때가 있어요.
 원하든, 원하지 않든."

* * *

충분한 시간

우리에겐

얼마나 많은 '충분한 시간들'이 주어지고 있을까.

행복해지기 위해, 우린 또 얼마나 많은

'언 해피 타임들 (Unhappy Times)'을 쓰고 있는 걸까.

그 시간들을 모두 쓰고 나면

그때의 우리에겐 행복할 수 있는 충분한 시간들이 남아있을까.

* * *

오늘, 우리 행복합시다

행복을 위해 많은 것들에게 고성능의 안테나를 세우지만,
정작 '지금'의 행복에 대해선 인색한 우리.

행복이란 단어를 잊고 산지 오래라고, 그런 것에 대해 생각할 틈
조차 없다고 대답할 수도 있겠다. 이해한다. 나 역시 그런 시간들
을 보냈고, 보내고 있으니까. 생존의 문제 앞에서 자유로울 수 있
는 사람들이 얼마나 될까. 하루가 48시간이여도 모자란 세상을
사는 우리에게 순간의 행복의 유무에 대해 생각하는 것은 사치일
지도 모른다. 하지만 생각해봤다. 어른이 될수록 하고 싶은 일보다
해야 하는 일들의 무게에 치이는 이유에 대해, 그리고 누군가 내게
지금 행복하냐고 묻는다면 명쾌하게 '그렇다'고 대답할 수 있는지
에 대해.

내성적인 나는 안으로 몰아넣어둔 것들이 차고 넘치면 감정의 출구로 글을 쓰고 그림을 그린다. 명확한 나만의 행복에 대한 정의가 없던 나는 행복한 순간을 대면하는 일이 늘 서툴고 어색했다. 대단한 삶을 꿈꾸지 않았음에도, 대단한 무언가가 되기 위해 애쓰던 나는 이제서야 조금씩 그 마음의 짐들을 하나씩 버린다. 그리고 매일 아침, 자꾸만 과거와 미래로 향하는 시곗바늘을 현재로 돌린다. 나는 꼭 대단한 누군가가 되지 않아도 괜찮았고, 행복의 기준을 특별함 위에 놓아둘 필요도 없었다. 모든 것이 있어도 행복하지 않을 수 있고 모든 것이 없어도 괜찮을 수 있다. 어차피 현실은 우리를 그림자처럼 따라 다닐 텐데 굳이 그것의 그림자가 되어 끌려다닐 필요가 있을까. 진짜 특별함은 무던히도 평범한 것들, 이미 그 안에 있는데. 바쁜 아침 출근길 따뜻한 커피 한잔, 할 일이 태산일 때 부리는 느닷없는 딴짓, 일주일에 한 번 아무것도 하지 않는 날. 그 순간 행복하다면 당신은 어느 시간, 어느 곳에 있어도 행복한 사람이다.

당신의 어려운 문제들이

내일부터 당장 좋아질 거란 말은 해줄 수는 없어도,

상처가 말끔히 나을 수 있는

만병통치약을 줄 수는 없어도,

오늘도 씩씩하게 주어진 삶의 무게를 잘 견뎌낸

당신의 두 손을 감싸며 살며시 올려놓고 싶은 문장 하나.

오늘, 우리 행복합시다.

최선을 다해서.

3. 사람 냄새

* * *

아날로그 셈법

정으로 주고 덤으로 받고

내 그릇을 조금 덜어 다른 이의 그릇을 채워주고.

겉이 번지르르한 수박,

설익은 수박일지라도 그냥 한번 믿어보고.

내 것이 아닌 것은 욕심내지 않고,

소수점까지 계산하며 살진 말자고.

에누리 없이 똑 떨어지는 셈법이 만연한 요즘 세상을 살아가기엔 조금 바보스럽지만 나는 여전히 아날로그 셈법으로 사는 사람들이 좋다. 조금 손해 보고 살면 어떤가. 세상이 뒤집히는 것도 아닌데. 내가 가진 고유색이 그러하다면 그리 살면 되는 것이다. 뭐든 억지로 맞추면 아픈 법이다. 하지만 느슨한 것들은 결코 사람을 아프게 하지 않는다.

* * *

포옹의 길이

하나,

둘,

셋,

넷,

다섯.

정확히 5초.

마음을 전하는 포옹의 길이는 5초가 적당하다. 새어 나오는 눈물을
멈추기에 좋은 타이밍이기 때문이다. 눈물을 보이지 않고도 서로의
마음을 다녀오기에 충분한 짧지도, 길지도 않은 그런 시간.

말 없는 포옹을 건너 전해지는 말 한 마디는
열 마디 공허한 빈 말의 인사보다 언제나 뜨거웠다.

* * *

진심의 활주로

바쁜 하루 일과를 마치고 나누던 지인과의 티타임, 그녀가 말했다.

"시간이 지날수록 누군가에게 다가가는 것도,
누군가에게 마음을 여는 일도 점점 어려워지는 것 같아."

따뜻한 캐모마일 티 한잔을 두 손으로 감싸며 나 역시 고개를 끄덕였다. 진심은 자주 상황과 오해에 의해 쉽게 변질된다. 보낸다고 무조건 받아들여지는 것도 아니고 받았다고 반드시 돌려주어야 하는 것 또한 아니다. 아니, 오히려 그것은 기대하면 오해를 낳고 베풀면 의외의 기쁨으로 돌아왔다.

하지만 나는 아직도 바보같은 기대를 한다.

울퉁불퉁한 누군가의 활주로에 착륙하는 포용력 있는 조종사와

그런 마음을 감사히 받을 줄 아는 결이 고운 관제탑이 만나면

그보다 더 든든한 인연도 세상에 없지 않을까 하는.

* * *

세상에 나가거든, 느리게 걸으세요

십 대엔 입시 준비하느라 정신이 없었고,
이십 대엔 하고 싶은 일을 찾아 헤매느라 바빴고,
삼십 대엔 만만치 않은 현실 앞에서
매번 나가 떨어지느라 겨를이 없었다.

현실의 삽바를 부둥켜 쥐고 아등바등 살다 보니 세월이 화살이다.
이제부턴 더 빨라질 거다. 진짜 하고 싶은 것을 찾아 용감하게 떠나
기도 했고, 끝이 보이지 않는 낯선 선로 아래 떨어져 주저앉아 깜깜
한 별들을 세어도 보았다. 그렇게 한참을 별을 세고 일어나 주위를
둘러보니 황량하고 마른 벌판이 나를 기다렸다. 나는 이내 헛웃음
을 뱉었다. 그리곤 허리를 숙여 인처럼 굳어진 버릇 하나를 주웠다.

이제는 뛰어가지 않는다.

계산서처럼 늘 똑 떨어지는 현실을 소화할 수 있는

충분한 시간을 나에게 허락할 뿐이다.

세상의 모든 것들에게 언제나 마침표가 필요한 것은 아니다. 모든 것들이 완성되어야만 끝나는 것이라면 인생의 목표는 전력질주 하나면 충분했을 것이다. 하지만 어느 누구도 쉼 없이 내달릴 수 있는 사람은 없다. 미완성으로 남겨진 마침표, 그것은 또 다른 시작을 위한 새로운 쉼표이다. 삶은 흠잡을 데 없는 완벽한 마침표를 향한 전력 질주보다 오히려 잦은 미완성들이 연결하는 오래달리기에 가깝다. 그런 의미에서 현실은 어쩌면 완주의 대상이라기보다는 함께 걸어야 할 대상일 것이다.

세상에 나가거든 느리게 걸어가자.
일상의 작은 틈 사이로 고개를 드는
당신의 소중한 순간들을 놓치지 않도록.
그렇게 눈을 반짝이며 걷고 걷다
흩어졌던 선로들이
모두 한곳에서 다시 만날 때까지.

* * *

생존 경쟁

- 사슴처럼 매처럼 -

상대가 나를 향해 활을 겨눌 땐
매가 되어 방향을 틀고,
사냥꾼의 발자국 소리를 가늠할 땐
사슴의 작은 두 귀를 닮을 수 있길.

매처럼 방향을 조금 틀어 난다 해도
사슴처럼 고요히 두 귀를 쫑긋거린다 해도
모두 같은 세상 안이다.

내게 생존 경쟁이란
누군가의 등을 갑작스레 밀어 떨어뜨리지 않고도
정확하게 목적지까지 날아가는 것이다.

사슴처럼 악의 없고, 매처럼 정확하게.

* * *

따로, 또 같이

홀로 만들어진 것은 없다.

홀로 만들어진 듯한,

홀로 만든 것처럼 보이는 것만 있을 뿐이다.

모든 것은 따로, 또 같이

하나를 향해 분주히 팔을 걷는다.

생(生)의 마지막 순간,

세상에서 가장 잘한 일 하나가 떠올라 당신을 웃게 한다면

아마 그것은 당신의 삶을 지탱해 준 가장 소중한 것 아닐까.

나는 그것이

나의 삶을 채운 모든 기억에 대한 사랑이길 바란다.

* * *

삶의 독학

무언가를 배우는 가장 원초적이고 효과적인 방법은
아이같이 순수하고 두려움 없는 마음으로
피부를 감고 늘어지는 물의 세기와 흐름을
맨몸으로 기억하는 것이다.

제 3 장　크리에이터의 눈으로 바라보는 일상, 그 달콤함에 대하여

1. 보이는 것들의 뒷면

* * *

공존

나는 가끔 머릿속에 입력된 고정관념들이 따가운 고슴도치 같다는 상상을 한다. 고슴도치의 가시를 안을 수도 내려놓을 수도 없는 어정쩡한 순간들을 경험할 때마다, 어쩌면 고정관념은 적대적인 대상이라기보다는 함께 성장해야 할 포용의 대상으로 보아야 하는 존재가 아닐까 하는.

삶에도 관성의 법칙이 있다. 익숙하지 않은 새로운 방향으로 삶이 전개되려 할 때에는 반드시 삐걱거리는 지점이 있다. 생각의 전환에 있어서도 마찬가지다. 당연하게 여기던 것들의 방향을 바꾸려고 할 때에는 어김없이 고정관념이라는 고슴도치의 서식지를 삐걱거리며 통과해야 한다. 고슴도치의 서식지를 무사히 통과하지 못한 생각들은 그대로 굳어져 우리의 머릿속에 걸림돌로 고정된다.

세상에 존재하는 모든 고정관념들을 깨뜨려야 할 대상으로만 본다면 우리는 대부분의 시간을 이미 단단하게 굳어진 바위들을 부수는 일에 소비해야 할지도 모른다. 그런데 어떤 종류의 바위들은 시대를

걸쳐 철옹성 같은 견고함으로 유지되고 있는 것들도 있다. 우리가
다음 세대를 위한 선택들을 조금씩 실천해 나아간다면 고슴도치의
따가움도, 견고한 바위도 세상의 한 부분으로 공존할 수 있지 않을까,
그 견고함을 모두 허물 순 없다 해도.

우리의 다음 세대를 위해,
그리고 그 다음을 위해.

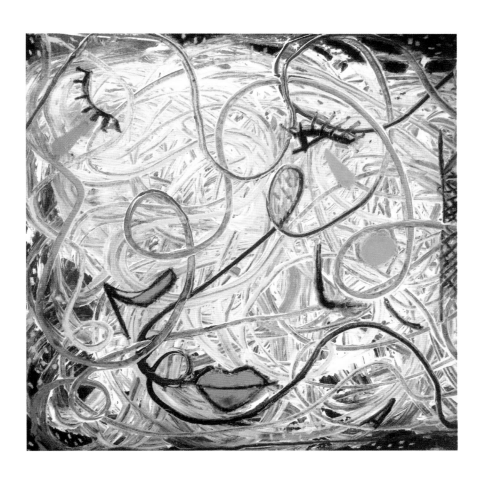

* * *

보이는 것들의 뒷면

학교에서 기본적인 교육을 받고
적당한 나이가 되면 취직을 하고
결혼을 하고, 집을 장만하고, 아이를 낳고
정해진 나이가 되면 퇴직의 순서로 이어지는
인생의 루틴(Life Routine).

만약,
학교라는 제도 안에서 교육을 받지 않았고
적당한 나이에 직장도, 결혼도, 집도, 아이도 없다면
세상은 누군가의 삶을 어떤 단어 속에 가두려 할까.

어쩌면 우린 '어른이 되면 당연히 그래야 하는 것들'이란 사회적
통념에게 스스로를 내주며 살고 있진 않을까.

눈코 뜰 새 없이 바쁜 일상 가운데 굳이 무언가의 '뒷면'을 들여다보는 시간을 갖는다는 것은 사치일지도 모른다. 특히 대부분의 사람들이 당연하다고 믿고 있는 것들에 대해서는 더욱더. 당신이 세상의 모든 앞면과 결과에 집중하는 사람이어도 괜찮다. 당신이 옳고 내가 틀리거나, 혹은 내가 옳고 당신이 틀리지도 않다. 하지만 보이고 들리는 것만 믿고 산다면 우리에게 주어진 생(生)의 모든 시간들이 아깝지 않을까. 나는 다만 당신에게 보이는 것들의 장막 뒤에 숨겨진 보이지 않는 것들의 가치에 대해 찬찬히 다시 한번 들여다보기를 권유할 뿐이다.

천천히,
삶의 소중한 모든 단면들을 놓치지 않기 위해.

뒷면 하나, 꿈

때때로 우리 안에 숨겨진 크리에이티브 본능은 세상과 시간을 돌고 돌아 자신의 진짜 세상을 뒤늦게 열어주기도 한다. 나의 진짜 세상도 그렇게 시작되었다. 9년 남짓 캐나다에서 그래픽 디자이너로 일을 했고, 지금은 집을 작업실 삼아 글을 쓰고 그림을 그린다. 보장된 것은 아무것도 없거니와 아직 출판 전이니 세상의 눈에 비친 나는 영락없는 실업자인 셈이다. 적지 않은 나이에 반은 나의 의지, 또 반은 나의 의지와 상관없이 시작된 삶의 또 다른 페이지들을 바라보는 세상의 시선은 그리 곱지 않다. 하지만 적지 않은 나이기에 나와 반대 방향으로 전력 질주하는 삶의 방향을 바꿀 수 있는 용기도 있었다. 오늘도 나는 어김없이 '꿈'이란 티켓 한 장을 쥐고 매일 아침, 현실이라는 롤러코스터의 플랫폼 앞에 선다. 당신이 꿈과 현실 가운데 어느 한 가지를 택한다 해도 혹은 그 중간 어디쯤에서 균형을 찾는다 해도 당신의 선택이 틀렸다고 말할 수 있는 사람은 없다. 그것은 처음부터 끝까지 당신의 것이다. 하지만 분명한 것하나는 자신의 꿈의 뒷면을 흔들림 없이 끌어안고 갈 의지가 모든 선택의 시작과 끝에 존재해야 한다.

꿈과 현실 사이,

이 무모한 갬블(Gamble)에서 살아남기 위한 유일한 전략은 당신의 꿈을 향한 모든 걸음들을 사랑하는 마음, 그리고 혼자만의 외로운 행진을 이어 갈 지구력뿐이다. 보석으로 세공되기 전 다이아몬드는 반짝이는 돌덩이에서부터 그 여정을 시작한다. 자신의 꿈을 원석이라 믿으면 그것은 다이아몬드가 되고, 한낱 돌덩이로 여기면 그저 평범한 돌로 퇴색한다.

꿈이 있는 사람에게 '늦은 때'란 없다.
흩어져 있던 가지들이 하나의 단단한 뿌리가 되는 그날이
바로 '그때'이고 기회이다.

뒷면 둘, 트라우마의 상자

살다보면 뾰족한 말들을 서슴없이 하는 사람들을 마주칠 때가 있다. 그런 상대에게 받은 말의 화살을 고스란히 되돌려 주고 싶은 마음은 누구나 마찬가지일 것이다. 하지만 상대가 나를 아프게 했다는 이유로 그 뾰족함을 고스란히 되돌려 주는 것은 결국 서로를 향해 겨눈 화살촉을 더욱 견고하게 만들 뿐이다.

말의 화살이 겨누는 과녁을 들여다보면 조그만 상자 하나가 있다. 누군가 무심코 던진 말 가운데 유난히 자신을 예민하게 만드는 알 수 없는 이유들로 가득한, 극복되지 못한 기억의 파편들이 담긴 상자. 상대의 말은 촘촘하고 불안정하게 얽혀 있던 기억의 파편들을 건드리는 바람이 되어 상자를 흔든다.

트라우마의 상자를 여는 것은 굳이 들여다보고 싶지 않은 흉터들을 꺼내어 마주하는 일과 같다. 그때의 우리에게 필요한 것은 놀라운 자제력이나 냉철한 이성적 사고가 아닌 아픔의 근원을 끌어안는 자기애(自己愛)다. 쉬울 리 없다. 상자의 크기와 깊이만큼, 혹은 상자가 차고 넘치도록 많은 눈물을 쏟아내야 할지도 모른다. 하지만 그것은 그럴 만한 가치가 있는 일이다. 자신을 괴롭히는 아픔의 근원을 모른 채 살아가는 것보다 더 아픈 일은 없을 테니까.

상처의 앞면이 아픔이라면 그것의 뒷면은 아파하는 자신에 대한 이해의 시간이다. 누군가에게 활시위를 당기는 일은 결국 자신의 심장을 과녁으로 삼는 일일뿐임을 우리는 알고 있다. 상처의 쳇바퀴에서 서로를 구할 수 있는 유일한 방법은 누군가가 먼저 활을 내려놓는 것이다. 그리고 그것은 자신이 먼저 시작하는 것이 낫다. 상대의 활을 내려놓게 만드는 것보다 자신의 활을 내려놓는 것이 더 쉬운 일이니까.

스스로를 사랑하는 가장 적극적인 방법.

누구나 아는 얘기,

하지만 말처럼 쉽지만은 않은 것.

그러나,

결코 후회하지 않을

자신을 위한 가장 아름다운 선택.

*

뒷면 셋, 구슬풍선껌 기계의 비밀

어렸을 때 학교 앞 문방구엔 드르륵 소리와 함께 '툭' 하고 커다란 풍선껌 하나를 떨어뜨려 주던 구슬풍선껌 기계가 있었다. 나는 종 종 그 기계 앞에 쪼그려 앉아 손잡이를 힘껏 돌려 제 입보다 커다란 풍선껌 하나를 신나게 오물거리며 집으로 향하곤 했다. 어떻게 들 릴지 모르지만 구슬풍선껌 기계 속엔 설명할 수 없는 '나름의 질서' 가 있었다. 촘촘하고 아슬아슬하게, 서로의 무게를 지탱하며 기대 어 있는 그들 나름의 질서.

엘리베이터가 도착하면 사람들이 먼저 내린 후 탈 것.
마트, 버스나 지하철을 탈 때는 새치기하지 말 것.
계단을 오를 땐 우측, 내려갈 땐 좌측통행할 것.

'질서' 하면 제일 먼저 떠오르는 것들.

언뜻 규칙처럼 들리는 질서의 뒷면엔 사람이 있다. 나와 같은 감정과 욕구를 지닌 다른 사람들과의 보이지 않는 약속. 그런데 문득 그런 생각이 든다. 질서와 함께 따라다니는 '반드시'란 단어가 오히려 질서 본연의 목적을 변질시키고 있는 건 아닐까 하는. 구슬풍선껌 기계가 지닌 그들 나름의 질서처럼 서로 다른 생각의 모양을 지닌 사람들이 서로를 지탱하며 나름의 균형점을 찾아갈 수 있도록 반드시라는 단어를 머릿속에서 쓱쓱 지워버려야 된다는 엉뚱한 생각 말이다.

구슬풍선껌이 하나씩 빠져나올 때마다
무너질듯 아슬아슬해 보이지만
이내 그들만의 새로운 균형점을 되찾는
구슬풍선껌 기계, 그들 나름의 질서처럼.

2. 누군가의 신발을 신고

* * *

과일 조각 하나

누군가가 흘린 얄궂은 과일 조각 하나가 나의 삶을 바꾸었던 그날,
비로소 보게 된 세 가지 사실과 세 가지 바람.

* 세 가지 사실

하나,
따뜻한 배려가 담긴 도움의 미소는 언제나 고맙지만
흘깃거리는 시선 너머의 생각들 앞에선 쓸쓸해진다.

둘,
초 단위로 걸음을 재촉하는 횡단보도의 신호등과
채 다 건너기도 전에 울리는 성급한 경적소리는
송곳처럼 마음을 긁고 지나간다.

셋,

좋아하는 운동을 다시 할 수 있을까라는

물음표가 길어질수록

마음의 그림자도 함께 길어진다.

* 세 가지 바람

하나,
은행과 관공서의 창구 가운데 반드시 하나는
휠체어가 들어갈 수 있도록 디자인 되길.

둘,
건물 입구의 계단 옆엔 완만한 경사를 가진 길이 함께 만들어지길.

셋,
몸이 불편한 사람들을 위한 주차 공간이 하나씩 더 많아지길.
그리고 그곳이 그들만을 위해 쓰여질 수 있길.

* * *

감사의 진가

그날 이후로 나는 두 번의 수술을 했다. 아무 불편 없이 할 수 있던 일들이 조금씩 불편해짐을 인지해 나갈 때마다 나의 세상은 조금씩 변형되었다. 삶의 폭이 예전과 같지 않음을 맞닥뜨릴 때마다 보이지 않는 유리 진공관이 머리 위로 내려와 나와 세상 사이를 무음으로 만들곤 했다. 그럴 때면 안경을 잃어버린 사람이 철인삼종경기를 하는 것처럼 머릿속 비상등이 깜박거렸다.

'다치다'라는 단어는 몸과 마음에 날카로운 흉터를 남긴다. 두 번째 수술 후에도 나는 여전히 악몽을 꾸고 통증과 함께 하루를 시작하고 잠이 든다. 재활이라는 힘겨운 줄다리기에 지칠 때 즈음 누군가 내게 말했다.

"몸도 트라우마를 기억합니다.
 다쳤을 때 이미 한 번, 수술할 때마다 한 번씩 더."

그러면 내 몸은 이미 세 번의 트라우마를 기억하고 있다는 말이 된다. 힘 빠지는 말이라고 생각했다. 하지만 받아들이는 것 외에는 별 도리가 없었다. 그러나 몇 해가 지난 지금도 나는 여전히 익숙하지 않다. 처음 수술을 하던 그날도, 그리고 세번째 수술 여부가 좌절된 지금도 나는 매일 아침, 지난 밤 사이 넘어진 마음을 다시 일으켜 세운다. 그리고 건강한 몸이 우리에게 열어주는 모든 가능성과 당연하게 여기던 일상의 모든 움직임들에 대해 감사함을 기억하며 산다.

통증의 뒤척임 없이 숙면할 수 있다는 것,
오랫동안 앉아서 하고 싶은 일을 할 수 있다는 것,
미끄러지듯 계단을 자유롭게 오르내릴 수 있다는 것,
좋아하는 운동을 맘껏 할 수 있다는 것,
집중력이 지속될 수 있다는 것,
언젠가 이 모든 것들을 다시 할 수 있을 거라 믿으면서.

감사의 진가는

감사란 단어를 떠올릴 수 없을 때일수록 더 눈부시게 밝았다.

* * *

매일, 조금씩 더

뒤죽박죽 엉켜 있던 지난 몇 해의 시간 동안 피부로 느낀 사실 하나
가 있다. 그것은 세상의 균형이 몸이 불편하지 않은 사람들 위주의
것들로 기울어져 있더라는 것. 누군가는 반드시 읽어야 할 세상, 그
리고 혼자서는 결코 할 수 없는 일들. 보다 많은 사람들이 함께 세
상을 읽을 수 있기를 바란다. 세상의 균형이 어느 한쪽으로만 치우
치지 않게. 매일, 조금씩 더.

3. 교감

* * *

라임빛 자전거

빛바랜 중고 자전거를 개조하는 취미가 있던 사장님은 언제나 사무실 한켠에 낡은 자전거들과 새 부품들을 가지런히 놓아두셨다. 이따금씩 사무실의 하얀 블라인드 사이로 따뜻한 오후 볕이 비집고 들어올 때면 수리대 위 낡은 자전거들이 반짝였다. 가끔씩 자전거들에 얽힌 비하인드 이야기를 들을 기회가 있었다. 그중 내가 좋아하던 라임빛 자전거는 어느 이태리 노신사의 것이었다. 유난히 아련한 라임빛을 띠던 이야기에선 누군가의 정성스런 손때와 따뜻한 추억 냄새가 났다.

노신사는 그와 소중한 시간을 함께 보낸 그의 정든 라임빛 자전거를 더이상 간직할 수 없게 되었다고 한다. 그는 그의 라임빛 친구를 소중히 다루어 줄 누군가를 찾고 있었고, 그의 자전거는 그렇게 세상을 돌고 돌아 낡은 자전거를 수집하는 사장님의 사무실 한켠으로 옮겨 왔다.

그의 라임빛 자전거가 오후 햇살에 별처럼 반짝거리던 날, '삶은 자전거 바퀴처럼 둥글게 돌고 돌아 어느 날, 누구와 어떤 인연으로 다시 만나게 될지 모른다.'고 나직이 읊조리며 정성스레 윤을 내시던 사장님의 모습을 기억한다. 나와 아무 관계없던 누군가의 작은 이야기 하나가 세상 어딘가로부터 싣고 온 그만의 이야기를 풀어놓았다. 그리고 그것은 이제 내 기억 한켠 어딘가에 작은 이야기로 남겨졌다. 처음 보았던 아련한 라임빛 그때 그 내음 그대로.

삶의 기억 언저리 어딘가에서 펄럭이는 낡고 헤진 페이지들을
과감하게 찢어버릴 수 없는 연약한 마음이 드는 이유도
어쩌면 그의 라임빛 자전거가 지닌 아련한 내음,
그것과 같은 연유일지도 모른다.

* * *

기억의 유효기간

전화번호는 외우지 못해도 생일은 기억한다.
날짜는 기억하지 못해도 처음 만난 계절을 기억한다.
오늘 그 사람이 내게 얼마를 쓰고,
내가 그 사람에게 얼마를 썼는지 셈은 느려도
함께한 하루를 기억한다.

중요한 건 너와 내가 함께 한 시간이지
어디에서 얼마를, 언제까지란 숫자는 아닐 것이다.

머리가 기억하는 것들은 시간과 함께 희미해지지만
마음이 기억하는 것들에겐 유효기간이 없다.
때론 봄이 되고 눈이 되어
시간과 함께 짙고 질겨진 기억의 흔적들을
가슴 한켠 깊숙이 기록할 뿐이다.

* * *

사랑한다는 것

누군가를 생각나게 하는 물건, 노래, 꽃, 날짜.
그리고 그것들과 연계된 따뜻함.

할 수 없을 것 같던 모든 것들을
가능케 하는 가장 단순하고 본질적인 것.

할머니의 옛날이야기

아침,

습관적으로 침대 발치 아래로 더듬더듬 손을 뻗어 휴대 전화기를 찾는다. 밤사이 나를 급히 찾을 사람도 없지만. 반쯤 뜬 실눈으로 눈부신 액정 화면 속 문자와 날씨를 체크하고 어젯밤 캘린더에 빼곡히 채워 넣은 오늘의 할 일들을 머릿속에 꾹꾹 눌러 담는다. 그중의 반은 기억할 테고 반은 물론 또 깜빡하겠지만.

지구 반대편에 깨어 있을 누군가에게 안부 전화를 걸거나, 약지로 액정 화면을 천천히 스크롤하거나, 낮에 미처 끝내지 못한 문장들을 다듬거나, 반쯤 읽다 만 책을 뒤적거리다 마침내 눈꺼풀이 신호를 보내면 그제서야 알 수 없는 안도감과 함께 잠이 든다. 수술 후 불면이란 능력이 생겼다, 이젠 그마저도 익숙하지만.

손가락 끝에서 하루가 시작되고 마무리되는 혁신의 시대를 살고 있다. 하지만 어딘지 모르게 허기가 진다. 사람과 기술 사이에 놓여 있는 섬세한 감정의 호수 앞에서는 제아무리 혁신적인 기술도 멈칫거릴 수밖에 없나 보다. 반짝이는 달과 별, 그리고 한밤의 정적을 깨는 시계 초침 소리와 함께 잠들기 위한 모든 노력이 듣지 않을 때면 나는 종종 어릴 적 할머니의 옛날이야기를 떠올린다. 끝이란게 과연 있을까 싶던 무궁무진한 이야깃거리와 들을수록 감칠맛 나던 이야기들. 어른이 된 지금도 기억 한편에 그때 그 감정이 저릿하게 남아있을 수 있는 것은 가족이란 친밀함 속에 흐르는 관계의 점성 때문일까.

손가락 끝에서 하루가 시작되고 마무리되지 않아도
편안하던 그 시절, 그때의 우리가 그리운 그런 밤.

*　*　*

신발 속 하루

누군가를 처음 만날 때, 지인들과 함께 식사를 할 때, 반가운 눈인사를 나눈 후 자연스럽게 신발에 시선을 멈춘다, 아무도 모르게 살짝. 나는 신발이 그 사람의 성향을 보여준다고 믿는다. 이 '엉뚱한 예측'이 맞을 확률은 의외로 높다. 원한다면 점심 커피 내기를 할 수도 있다.

하이힐, 스니커즈, 샌들, 로퍼, 하이탑 운동화.
수많은 신발의 종류만큼이나 각양각색의 하루를 보내는 사람들.

신발, 보이지 않는 그 깊숙한 안쪽에는 그 사람의 일상이 있다. 긴장을 늦출 수 없는 세상을 사는 우리에게 누군가의 하루를 헤아려 보는 것은 이제 '흔하지 않은 일'이 되어 간다. 내가 누군가의 신발 속 하루를 상상할 기회도, 누군가가 나의 하루를 가늠해 볼 기회도 자연스럽게 사라져 가고 있다. 굳이 그런 노력을 해야 할 이유가 주어지기 전까진.

하지만 삶이 어디 그렇게 단순할까.

엮이고 싶지 않아도 엮이고, 하고 싶지 않아도 입장 바꿔 생각해 보아야 하는 일도 생기며, 남의 일 같기만 하던 일들이 내게도 일어난다. 어쩌면 누군가가 신고 있는 꽤 괜찮아 보이는 저 신발은 구입한 지 얼마 되지 않아 발뒤꿈치가 이미 벌겋게 벗겨져 있지만 그와 그녀는 애써 태연한 척 걷고 있는지도 모를 일이다. 나의 새 신발 역시 그렇듯.

한 번쯤
가장 이해하기 어려운 누군가의 신발 그 깊숙한 안쪽,
그곳에 꼭꼭 숨겨 놓은 일상의 무게를
헤아려 보는 시간을 내어보는 것은 어떨까.

백만분의 일의 확률,
혹은 그보다 더 작게 쪼개진 기적 같은 숫자의 확률이
제멋대로 엉켜버린 오해의 먼지들을 털어 낼

행운을 다시 찾아줄 수도 있지 않을까.

가장 이해하기 어려운 누군가는
때때로, 아니 아주 가끔 많이
가장 가까운 사람들 가운데 있기도 하니까.
가장 사랑하는 사람들을 멀리하며 사는 것,
그것 역시 못할 일이니까.

* * *

따뜻한 한마디의 말

체온을 담아 건네는 따뜻한 한마디의 말이 가지는 위대한 힘.
진짜일 때는 '배'가 되고 빈말일 때는 사라지는 마법 같은 고무줄.

애썼어요, 오늘도.
고마워요, 정말로.
믿어요, 당신을.

아끼지 말아요, 우리.

* * *

오늘을 사는 우리에게 필요한 인문학

시대별 예술 운동의 특징을 모두 기억하지 못해도, 남들보다 아이디어가 조금씩 늦게 떠올라도 괜찮다. 지식은 필요하면 내 것으로 만들면 된다. 그보다 더 중요한 것은 마음이 열려 있는 '창의 방향'이다.

사람들이 매일 무엇을 고민하고 어떤 소망을 품고 사는지,
가슴 깊은 곳에 숨겨둔 저마다의 아픈 손가락은 무엇인지,
아이처럼 고운 미소가 번지는 타이밍은 언제인지,
누군가의 마음 깊숙한 안쪽을 들여다보는
돋보기가 향해 있는 초점.

인문학을 달리 표현한다면 삶에 대한 인간의 애착이 아닐까 싶다. 사랑이 누군가를 향해 샘솟는 자연스러운 감정임을 떠올린다면, 어렵게만 느껴지는 인문학의 본질 역시 쉽게 이해할 수 있다. 그 중심엔 언제나 사람이 있고, 저마다의 애정으로 삶을 들여다보는 가장 아름다운 학문이니까.

가족의 식사가 차려지는 매일의 식탁에,
동료들의 손때 묻은 회의실 책상에,
고단한 하루를 달래는 나의 작은 공간에,
친구처럼 편안한 인문학적 감성이 채워진 것들로
일상의 온도가 매일 1℃씩 올라갈 수 있길.

인문학(人文學)이란 단어 앞에 놓여진 사람 인(人),
그 안에 담긴 모든 것들의 답, 휴머니티(Humanity).

제 4 장 상상 정원 레시피

1. 일상 속 상상 다이빙

* * *

상상력

마음이 생각하는 것을 막지 않을 것.
그리고,
제멋대로 와일드해질 것.

* * *

일상 속 상상 다이빙

생각을 기록하는 것을 좋아한다면 문장으로
렌즈를 통해 보는 세상을 사랑한다면 사진으로
요리가 당신의 기쁨이라면 음식으로
하얀 캔버스가 당신을 움직인다면 그림으로.

당신의 세계를 표현하는 언어의 선택에
정해진 법칙은 없다.

매일 무언가를 표현하는 것,
그것 그대로 이미 근사한 일이므로.
표현하려는 당신의 욕구를 사랑해주자 아낌없이,
그것이 무엇이든.

내게 세상은 모두 그림이다, 단지 조합의 문제일 뿐. 상상의 시작은 매일의 크고 작은 모든 생각과 감정의 폭 가운데 무던히도 평범한 모습으로 존재한다. 조금 서툴러도 괜찮다. 모두가 처음엔 서툴고 누구나의 시작은 언제나 그렇다. 다만 당신의 상상이 이미 있는 그대로 충분히 아름답다는 것만 기억했으면 좋겠다. 상상이라는 녀석은 의심하는 순간 사라지는 속성을 지녔으니까.

* * *

영감의 숲

누군가 물었다. 눈부신 오후의 반짝이는 물결이나 깊은 밤 빛나는 새벽별처럼 밝고 아름다운 것들로부터 영감을 얻지 않냐고. 나는 고개를 저었다. 간혹 그럴 때도 있지만 대부분 그 반대의 것에서 무언가를 보곤 한다고. 출근길 횡단보도 신호등을 기다리는 누군가의 처진 어깨나 갑작스럽게 쏟아지는 굵은 빗줄기 속을 걸어가는 누군가의 담담한 얼굴처럼 삶의 무게를 말없이 짊어지고 가는 것들에게 자주 시선이 멈춘다고. 이미 아름다움이란 호칭이 익숙한 것들이 가진 뜻밖의 그늘, 혹은 아름다움의 카테고리에서 제외된 것들이 지닌 의외의 울림이 내 마음을 건드린다. 1년 365일, 늘 밝거나 어두운 것은 없다. 그것은 일종의 환상이나 속임수에 가깝다. 하지만 밝음과 어둠의 공존을 스스럼없이 드러내는 것들은 숨기는 것이 없다. 어둠 가운데 잔잔히, 때론 슬픔 가운데 찬란히 빛날 뿐이다.

감정의 밀림과 습지, 사막과 꽃길이 공존하는
희노애락의 나무들이 즐비한 삶의 숲.
그곳에 포장되지 않은 '날것'의 영감이 있다.

우리들은 종종 삶의 생채기들을 애써 외면하지만 흉터 가득한 나무일수록 품으로 끌어당겨 안아야 하는 이유가 있다. 포장되지 않은 날것 그대로의 영감은 삶의 겉면에 고르게 심어진 예쁜 꽃나무보다 볼품없이 구부러지고 꺾인 가지들 틈 사이로 기어이 피어나는 작은 새순의 생명력, 그것에 더 가깝기 때문이다.

예쁜 꽃나무도, 흠집 가득한 나무도
결국 모두 소중한 삶의 흔적들이다.

삶의 안쪽,
그 깊고 어둑함 가운데 빛나는 진짜들의 숲.

오늘도 난 그 숲을 걷는다.

* * *

숨

눈코 뜰 새 없이 바쁘게 돌아가는 일상이지만, 잠시 고개 들어 오늘을 들여다보는 마음속 빈 공간이 당신에게 있었으면 좋겠다. 운동장처럼 넓지 않아도 숨을 고를 작은 '틈' 하나면 족하다.

그때가 이른 아침이라면
폐부 깊숙이 차고 들어오는 새벽을,
해가 높은 한낮의 오후라면
하늘에 흩뿌려진 구름의 퍼즐조각들을,
지친 하루 끝에 매달린 저녁이라면
잔잔한 노을의 위로를,
잠 못 이루는 깊고 쓸쓸한 새벽이라면
허기진 당신을 위해 노래하는 별과 달을
들을 수 있는 사람이라면 좋겠다.

상상 롤러코스터

그리는 사람이 룰(Rule)을 만드는 그림과
룰이 그리는 사람을 가두는 그림.

그림을 못 그리는 사람은 없다. 다만 천부적인 재능을 지닌 사람들
만의 특별한 능력으로 믿는 우리가 있을 뿐이다. 그림은 활자의 역
사가 시작되기 전부터 인간에게 주어진 능력이다. 언젠가부터 우린
그 사실을 잊었지만. 아이들의 상상력에 감탄을 아끼지 않는 우리 역
시 한때 그들과 같은 능력을 가지고 있었다. 어른이 되면 상상하는 일
을 멈춰야 된다고 가르친 사람은 없었다. 단지 현실이 그 틈을 비집
고 들어왔을 뿐이다. 언제부터 어른이란 타이틀과 그 능력이 맞바
뀐 걸까. 화가처럼 그리지 못하면 평생 그리는 즐거움을 누릴 수 없
다는 법이 있는 것도 아닌데.

잘 그리고 싶다는 생각은 평가를 전제로 한 두려움을 벗어날 수 없
지만, 그리고 싶다는 단순한 욕구는 당신의 영혼이 자유로울 수 있
는 최적의 조건을 선물한다. 그리고 싶다는 마음이 들면 순수하게

그 마음 하나를 움켜쥐고 그리자. 사람의 얼굴이 은색이면 어떻고 형태를 파괴시키면 어떤가. 상상 롤러코스터에 브레이크란 없다. 있다면 그것은 오직 당신의 의심뿐이다.

겁 없이 그리길.
그대의 상상 롤러코스터가 360도 회전할 수 있도록.

2. 통찰과의 티타임

* * *

카푸치노와 그루브

달콤한 저녁 레시피를 고르고,
따뜻한 욕조에 하루를 녹인다.
밤사이 커튼 사이사이로 내려앉은 어둠을 털고,
조금은 차가운 아침의 첫 공기로 오늘을 연다.

그래도 왠지 모르게 답답할 땐,
컵이 넘치도록 따뜻한 거품을 올려 주는
인심 좋은 카푸치노 한잔을 사러 가자.
휴대폰과 지갑만 들고,
사고 싶은 게 생길 수도 있으니까.

당신을 무겁게 누르는 것들로부터
자유로울 수 있는 일상의 '작은 그루브' 하나쯤
오늘도 열심히 살아 낸 자신에게 허락하자.
뒷일 따윈 침대 위 헝클어진 이불 위에 던져두고.

우린 마땅히 그래도 되니까.

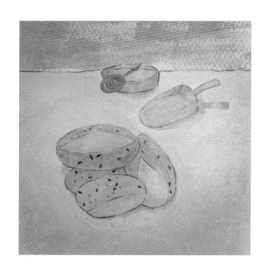

* * *

문득의 비밀

밀린 빨래를 돌리고,

딱히 갈 곳은 없지만 외투와 가방을 챙기고,

하루의 우선순위에서 늘 밀려나 있던 것들에게

특별한 관심을 쏟기 위해 집을 나선다.

평소에 잘 먹지 않던 음식을 주문하고

이내 인상을 찌뿌리기도 하고,

마트에 진열된 신제품에 눈을 번뜩이며

새 장난감에 신이 난 아이처럼 냉큼 카트에 담는다.

그러다 문득,

하루 종일 체한 것처럼 맘속에 걸려 있던 누군가의 표정과 짧은 한 마디가 가슴을 찌른다. 그제서야 까맣게 잊고 살던 삶의 작은 퍼즐 조각 하나가 보인다. 그리고 조심스레 허리 굽혀 그것을 줍고는 아무에게도 들리지 않을 작은 목소리로 중얼거린다.

"미안해...

그리고, 고마워."

* * *

작은 것

여느 날과 다를 바 없던 분주한 아침,
현관 손잡이를 잡으려던 순간 돌 틈 사이에 떨어진 작은 꽃송이 하
나가 눈에 들어왔다. 뿌리도 줄기도 모두 떨어졌지만 제 남은 생명
력으로 곱게도 버티던 새끼손톱만 한 주홍빛 꽃 하나. 그간의 시간
을 곱씹기라도 하듯 조용히 빛나던 작은 꽃잎이 안쓰러워 조심스레
책 사이에 끼워 두었다. 마를 때 마르더라도 예뻤던 그 모습 그대로
내가 기억해준다고.

작은 것들이 내 마음을 잡는다.
그 작은 몸집 안에 품은 모든 시간들이 고와서.

3. 북극성

하나, 직관

끝날 때까지는 끝난 게 아니다.(It ain't over till it's over.)

– 요기 베라(Lawrence Peter "Yogi" Berra)

모든 망설임의 잡음을 뚫고 들리는 가슴속 단 하나의 문장이 누구에게나 하나쯤 있을 것이다. 내게 그의 문장은 매일 아침 두려운 현실의 문을 열 때마다 완벽하지 않아도 괜찮으니, 시작한 일의 처음과 끝에 스스로에 대한 믿음을 놓지 말라 말한다. 도망가지 말라고, 잘하고 있다고. 미련스럽게 가다 서다를 반복하고 현실 가운데 길을 헤메도 스스로 내려놓지 않는 한 그것은 언제나 당신의 것이며, 진행형(-ing)이다.

직관의 나침반이 이끄는 단 하나의 방향,
그곳에 당신의 북극성이 반짝인다.
잠시 길을 잃었을 뿐,
당신은 아직 많은 가능성을 간직한
세상에서 가장 아름다운 별.

* * *

둘. 창작 홈그라운드

당신만의 특별한 직구.

당신이란 사람이 가진 세상 단 하나뿐인 창작 홈그라운드.

냉정한 현실과 자신의 꿈 사이에서 단 한번도 고민해 보지 않은 사람은 없다. 다만 삶의 우선순위에 생존의 문제가 언제나 우위에 놓여졌을 뿐이다. 어떤 이들은 누군가의 꿈을 뜬구름으로 가볍게 치부해 버리기도 하지만, 사실 꿈이란게 그렇다. 구깃구깃 접어둔다고 작아지지도 접혀지지도 않는, 불가항력의 자생력을 지닌 날개 같은 것. 꼬깃꼬깃 접을수록 작아지기는커녕 오히려 휘고 구부러진 날개를 스스로 회복하고는 한 뼘 더 자란 키로 돌아온다.

뜬구름에 손이라도 닿을까 까치발로 뛰어본들 좀 어떤가. 누구나 마음 한켠에 '뜬구름 솜사탕' 한 개쯤은 쥐고 사는 걸. 혈기 왕성한 이십 대, 패기 넘치는 삼십 대, 느지막한 황혼의 꿈이면 또 어떤가. 어마어마한 확률의 숫자를 뚫고 세상에 나온 우리인데 생(生)에 한 번은 있는 힘껏 활짝 펴 봐야 하지 않을까. 지금 당신의 선택이 현실이라 해도 잘못된 것은 아무것도 없다. 중요한 건 순서가 아니라 자신의 날개를 잊지 않고 사는 거니까. 언제고 한번 세상 눈치보지 않고 펼 수 있는 만큼 펴보는 거다, 닿을 수 있는 제일 높은 곳까지.

당신이 세상의 퍼즐조각이 아닌

세상이란 퍼즐이 당신의 선택 안에 있을 수 있도록,

단 한 번뿐인 생(生)의 주인이 바로 그대일 수 있도록.

* * *

셋, 감정 사랑법

예고 없이 후두둑 쏟아지는 장대비,
나뭇가지를 세차게 흔드는 바람,
투둑투둑 살갗을 에이는 우박,
그리곤 다시 언제 그랬냐는 듯 말갛게 뜨는 태양.
살아가는 동안 만나는 인생의 모든 기상 변화와
삶의 모든 계절의 코너에서 마주치는 감정의 성장통.

삶을 통째로 집어삼킬 듯한 흔들림 속에서 꼿꼿이 잘 버티다가도
맥없이 무릎이 무너지는 날이 있다. 눈앞이 흐려지는 알 수 없는 원
망의 늪을 서성이다 문득 생각한다. '그래도 고맙다, 아직 잘 버텨
주는 나에게.' 인생의 모든 기상 변화가 동반하는 감정의 성장통
은 언제나 하나의 면역 항체를 남긴다. 결코 달갑지 않은 그 통증
이 오히려 나를 살게 하는 힘이 된다는 것을 깨닫는데까지 나는
꽤 오랜 시간을 허비했다. 누군가의 어깨를 잠시 빌릴 수도 있지
만 통증을 외면하는 것에 익숙해지면 그 어떤 따뜻한 어깨에도
위로받을 수 없고, 누군가의 든든한 어깨도 되어줄 수 없다.

가끔 숨이 가쁠 때마다 나는 생각한다.

샘솟는 기쁨도, 하릴없는 슬픔도
모두 비눗방울처럼 떠올라 '툭' 하고
사그러질 때까지 가만히 내버려두자고.
심장이 터질듯한 시간 속을 거닌대도
그 안에 스스로를 가두는
바보같은 일은 하지 말자고.

미우나 고우나
그것은 어느 누구의 것도 아닌,
바로 나의 것이기에.

* * *

넷, 믿음

당신의 꿈이 현실에서 행복한 제자리를 찾는 일. 그 첫 번째는 오랫동안 마음속에 묵혀 두었던 눅눅해진 그것을 용기 내어 '세상 밖으로 꺼내는 일'이다. 불안한 살얼음 위를 미끄러지듯 걸어도 당신을 끌어당기는 자석의 또 다른 끝을 향한 행진을 멈추지 않을 의지. 어쩌면 뜻대로 되지 않을 수도 있겠지만, '꼭 한 번 해보고 싶었던 일들'을 향한 모든 걸음의 의미들을 우린 이미 알고 있다.

흔들릴 때마다 기억하길.

해낼 수 있을까 하는 두려움이 당신을 막아설 때
가슴 한켠 저릿함이 그대의 중심을 다시 잡아 세우는 그것.
당신의 보이지 않는 모든 노력의 낮과 밤,
그 모든 시간들이 이미 조금씩 그대를 위해 길을 만들고 있음을.

언젠가 당신의 꿈이 행복한 제자리를 찾는 날,
그때 멈추지 않길 잘했다며 스스로를 칭찬할 그날을 위해.

꿈을 현실로 만들 사람도,
그 크기와 한계를 제한할 이도,
오직 당신뿐임을 믿어주길.

* * *

다섯, 달콤쌉싸름한 열정
- 밀당의 고수 -

서로의 반짝임을 알아보는 봄,

한걸음씩 다가서는 여름,

익숙함에 조금씩 무뎌지는 가을,

유리처럼 부서지거나

혹은 권태의 날 선 얼음 위를 거니는 겨울.

열정과 연애는 심장이 바라보는 그곳에 달콤한 에너지가 집중
된다는 점이 닮았다. 서로의 과거와 현재, 미래의 톱니가 맞물리
는 가운데 발생하는 연애의 굴곡처럼 열정과의 관계 역시 감정의
굴곡이 존재한다. 열정은 스스로의 약속과 관계를 맺는 일이다. 열정
이 뜨겁다고들 하지만 사실 열정은 일정한 온도가 없다. 심장이 터
질 듯한 뜨거운 열점과 빙하처럼 차가운 냉점 사이를 오르내리는 변
덕스런 온도가 존재할 뿐이다. 결국은 열정의 모든 온도를 기꺼이 감
내하는 자신과의 외로운 행진이 나머지 9할의 일을 해낸다.

진짜 밀당의 고수는 밀당을 하지 않는다.
스스로의 감정에 솔직한 사람을 당해낼 잔꾀는 없다.

열정도 마찬가지다.
목적지가 분명한 오래달리기,
그보다 더 강력한 열정의 에너지는 없다.

제 5 장　당신은 마음과 같은 길을 걷고 있나요?

1. 삶의 간이역

* * *

삶의 간이역

하던 대로, 먹던 대로, 가던 대로가 아닌 새로운 방향으로 전개되는 것들 앞에서는 누구나 흔들리기 마련이다. 나는 미용실도, 카페도, 식당도 한곳만 가는 변화가 두려운 사람이다. 어쩌면 그래서 그렇게 많은 시간들이 내게 필요했었는지도 모른다. 하지만 더이상 내려갈 곳도, 잃을 것도 없는 순간을 마주하면 모든 것은 뚜렷해진다. 나는 인생의 플랫폼(Platform)에 잠시 머물러 있다. 다행히 이곳은 조금 적막하긴 하지만 갑작스런 불시착에 놀라 떨고 있는 나를 힘껏 끌어안아 주는 간이역이다. 그대가 만약 나처럼 삶의 간이역에 잠시 머물러 있다면 기억해 두었으면 하는 것이 하나 있다.

그곳에 아무도 없다고 생각하지 말 것.

한없이 작아진 당신을 누구보다 뜨겁게 끌어안고
다음 역을 준비하는 당신을 배웅해 줄
가장 따뜻한 한 사람이 기다리고 있을 테니.

나는 내가 가장 보잘 것 없는 모습이었을 때,
그곳에서 내 자신을 만났다.
그리고 꽤 오랫동안 홀로 목 놓아 울다
나와 뜨거운 작별의 인사를 나눈 후
다음 기차에 올랐다.

언젠가 내가 다시 작아졌을 때,
뜨겁게 다시 만날 그날을 약속하면서 .

* * *

사다리 게임

운 좋게 한 번에 통과하거나
해 보기도 전에 이미 승패가 결정되거나
시작은 괜찮았는데 마지막은 꽝이거나.

해 보기 전에는 아무도 모르고
하는 동안은 모두를 열광시키지만
끝난 뒤에는 하얗게 잊혀지는
삶과 비슷한, 그런 게임.

* * *

기회의 지느러미

누구나 그렇듯, 나 역시 세상의 짭조름한 소금물로부터 영혼을 지키는 법을 허우적거리며 배웠다. 때론 수면 위로 겨우 숨만 쉬면서, 때론 수면 아래 막강한 중력의 무게에 볼품없이 끌려다니면서. 밀물과 썰물처럼 주기적으로 찾아오는 현실의 파도를 표류하며 배운 '뭍으로 가는 생존법', 그것은 한 방향을 정해서 필사적으로 헤엄치는 것이었다. 멈칫거리는 순간 그것은 이내 희뿌연 안개로 시야를 가리거나, 또다시 강한 중력의 힘으로 발목을 낚아채 사정없이 수면 아래로 내동댕이쳤다.

기회는 때로 예상치 못한 순간에 그 둔탁한 지느러미로 미처 준비되지 않은 우리의 등을 '툭', 벼랑끝으로 떠민다. 준비되어 있을 때 멋지게 등장하는 기회도 더러 있었지만 삶의 단단한 뿌리가 되어 주었던 기회는 대개 가장 준비되지 않은 순간에 불쑥 찾아와 생(生)의 질서를 뒤흔들던 것이었다. 덕분에 공들였던 모든 시간들이 무너졌고 나는 절망했다. 하지만 그때 기회가 나의 등을 그렇게 밀지 않았다면, 나는 아직도 다른 누군가의 바다에서 여전히 갈증을 느끼며 살고 있었을지도 모른다. 돌이켜 보면 그것은 용기가 부족했던 나를 위한 기회의 극단적인 응급조치였다. 물론 나는 여전히 현실의 짠물을 연거푸 들이키고 있지만 후회는 없다. 결국 나의 진짜 바다를 찾았으니까.

가보지 않으면 무엇이 기다리고 있는지 알 수 없다.
어차피 사방이 광야라면 앉아 있느니 한 방향으로 달려가겠다.
방향이 정해지면 희망을 품고 달리는 일만 남는다.

진짜 기회의 모습,
그것의 또 다른 이름은 절실함이다.

노을, 그리고 한 잔의 물

"너는 하루 중에 언제가 제일 좋아?"
"해가 어스름하게 지는 저녁쯤..?"
"왜...?"

나는 말끝을 흐리며 평소보다 호탕하게 웃었다. 언젠가부터 정해진 시간대로 움직임을 요구받는 한낮의 태양보다 누구랄 것 없이 한 템포씩 느려지는 해 질 무렵이 좋아진 걸 딱히 설명하기도 어려웠지만, 노을이 좋아진 이유를 말하기 시작하면 왠지 하고 싶지 않은 얘기들이 튀어나올 것만 같았다. 그래서 냉큼 큰 웃음소리 속에 대답을 묻었다.

그날도 유난히 노을이 고왔다.
"아..."
나는 스크린 도어를 활짝 열고 한참을 서서 그날의 노을을 기억 속에 눌러 담았다. 그리고 생각했다.

산다는 건 어쩌면 그냥 이런 것일지도 모른다.
살아 숨 쉬는 동안의 모든 순간들을 사랑하는 것.
그곳이 지상낙원이든, 천길 낭떠러지든.
그리고 그곳이 어디든,
삶을 살아내는 우리 모두는 박수 받을 자격이 있다고.

가장 절망적인 순간에 희망이 보인다는 말은 반만 맞는 말이다. 삶의 중력에 반하는 모든 것을 버려도 삶은 여전히 미지수로 남는다. 희망을 향한 목마름에 허덕일 때 누군가 말없이 건넨 물 한 잔의 절실함을 경험해 본 사람이라면 노을의 애잔함을 이해할 수 있을지도 모르겠다. 나는 여전히 어슷한 땅거미가 뉘엇뉘엇 지는 해 질 무렵이 좋다, 그냥 거기까지.

한 잔의 고마운 물이 잇는 너와 나의 연결고리,
그리고 세상의 것들이 느슨해지는 삶의 작은 틈.
그 안에 모든 것이 있다가도 없고, 없다가도 있다.

2. 선인장 예찬론

함께

- Together -

나는 빈틈이 많은 사람이다. 감정을 세련되게 포장하는 재주도 없고, 읽는 사람 마음대로 해석되는 문자보다 얼굴을 맞대고 얘기하는 것이 아직도 좋은 그런 사람. 다만 만만치 않은 세상의 모든 것들로부터 나와 내가 사랑하는 사람들을 지키기 위해 부단히 빈틈을 메꿀 뿐이다. 많지는 않지만 이런 나를 이해해주고 곁에 있어주는 사람들이 있고 그들 곁에 내가 있어 줄 수 있어 다행이다. 스스로를 만족시키기도 어려운 것이 사람살이인데 누가 누굴 만족시키며 살 수 있을까. 다행히 내겐 모든 사람을 만족시킬 능력이 없다. 다만 마음이 허기진 삶보다 서로의 빈 곳을 어루만지는 함께의 삶을 생각하는 잔재주가 있을 뿐이다.

내가 나로 사는 삶을 살기에도
나의 사람들과 마음을 나누며 살기에도
모자란 시간 속을 사는 우리.

남으로 만나 정으로 엮인 소중한 인연들,
우리에게 주어진 생(生)의 모든 시간들을
사랑하는 것에 쓰며 살 수 있길.
함께, Together.

*　*　*

누가 뭐래도

작가(Writer)와 페인터(Painter).

멋지게 시작하고 싶었지만 그럴 수 없었다. 오히려 삶이 정신없이 곤두박질칠 때 나는 글을 쓰고 그림을 그렸다. 그래도 오랫동안 생각한 일에 미련을 두지 않는 성격 덕에 용케 이만큼이나 걸어왔다. 나는 여전히 매일 갈대처럼 흔들리고 달팽이처럼 더디다. 하지만 부러질듯 곧기만 하던 낡은 더듬이 대신 360도 회전 가능한 새 더듬이를 얻었다. 다행이라고 생각한다.

아무리 노력해도 되지 않는 일이 세상엔 여전히 많다. 아랫입술을 꼭 깨물고 떨어지지 않는 발걸음을 옮겨야 할 때도 있고, 아니 땐 굴뚝에서 피어오르는 정체 모를 연기에 눈이 매울 때도 있다. 그래도 지금 당신이 서 있는 그 자리. 떠밀리듯 흘러 왔든, 독불장군처럼 외롭게 왔든 치열하게 고민하고 견뎌 냈을 그대. 누가 뭐래도, 당신 삶의 모든 기록들에 최고의 증인은 바로 그대 자신이다.

요즘의 나는, 아니 조금 더 긴 시간의 뒷편 어딘가에서부터 내 생애 가장 아슬아슬한 시간과 공간을 걷고 있다. 혼자 밥을 먹을 때, 이른 새벽 백색 소음을 들으며 선잠 속에서 눈을 뜰 때, 하루 종일 체한 것처럼 가슴을 후비던 다듬어지지 않은 날것의 생각과 감정들을 기록한다. 언젠가 이 책과 그림이 지금의 나의 시간을 걷고 있을 누군가에게 작음 쉼표가 되어줄 수 있길 바라며.

소심하고 유약했던 내 삶의 크고 작은 상처들을
나는 이제서야 끌어안는다.

살아있음에 감사한다.
아둔했던 지난 시간들이 결코 헛되지 않았음을,
오히려 그것은 견고해질 수 있던 신의 축복이었음을.

언젠가 이 지독한 겨울은 하나하나 출구를 찾아갈 테고
나는 언제나 나를 뜨겁게 끌어안을 테니까.

나의 삶을 내가 사랑하지 않을 이유가,
내겐 없다.

* * *

마시멜로

누르면 누르는 대로 꾹꾹 눌리는 마시멜로,
잠시 눌리는 듯해도 다시 차오르는
타고난 자기 회복력을 기억하는 설탕 과자.

인정하기 쉽진 않지만, 머릿속을 휘젓고 다니는 모든 문제들의 상
당 부분의 답을 우린 이미 알고 있다. 다만 원하고, 원하지 않는 것
사이의 도돌이표 연주에 마침표를 찍을 지점을 망설일 뿐이다.
받아들인다는 것은 주어진 현실 가운데 새로운 높은음자리표를
그리는 일이다.

저마다의 삶의 무게가 다르기에 섣부른 위로는 무례하다. 하지만
주어진 모든 삶의 시간들을 잘 지켜냈기에 지금의 그대가 있음을
나는 안다. 당신의 이야기를 감히 이해할 수 있다 고백할 수 있는
것은 나 역시 매일 넘어지고 일어서기를 반복하는 평범한 사람
이기에. 단 한 번 사는 인생이기도 하지만 우리 모두 처음 살아 보는
인생이기도 하니까. 너무 오래 머무르진 말자, 슬픔이란 녀석에게.

넘어진 횟수가 조금 많았을 뿐,
우린 아직 아무것도 실패하지 않았다.

수고했고 수고했고 수고했다.
굿나잇 나의 밤,
굿애프터눈 너의 낮.

* * *

선인장 예찬론

뾰족한 가시 사이사이
그 사이로 수줍게 피어난 꽃송이 몇 개,
선인장의 존재감이 세상에 드러나는 순간.

투박하고 뾰족한 가시로 사람들의 관심을 받지 않는 쪽을 택했을
지언정 그 외로움의 보상은 고운 꽃이다. 누구나의 가슴속에 품은
한두 개의 선인장, 그것은 어쩌면 스스로를 지켜내기 위한 필연의
선택이었을지도 모른다. 스스로를 치유하는 자생력은 삶의 귀중한
힘이지만 절대 거저 주어지지 않는다는 것이 함정이다.

들키고 싶지 않은 당신 안의 모든 가시들, 그것은 줄기가 견뎌 낸
아픔의 변형었을 것이다. 곧고 예쁜 줄기 대신 뾰족한 가시를 만
들 수밖에 없던 선인장을 이해하려면 그것이 품은 모든 시간 속을
거닐어야 한다.

계획했던 일을 전혀 하지 못했어도 그날 즐거웠다면 끙끙거리다 끝난 것보다 나은 날이다. 대화 가운데 누군가 평생 들어보지 못한 '쿨내'란 표현을 썼다. 어쩌면 나는 허우적거리다 표류하는 법을 습득했는지도 모른다. 표류는 약함이 아니라 필요없는 것들을 걷어내는 선별력이다.

야속한 마른 땅과 건조한 태양 아래 스스로를 지켜 낸 모든 인고의 시간, 당신의 역사가 피워 낸 모든 꽃들이 아름다운 이유도 그것과 같다. 그것이 몇 개이든, 어떤 모습이든 세상 여느 꽃보다 당신이 아름다운 그 이유도.

힘든 시간을 이겨 낸 세상의 모든 것들,
나는 그런 것들이 곱고 예쁘다.

존재 그대로의 이유

Nothing lasts forever.

그 긴 시간 동안, 이제는 조금 평온하게.
언젠가 또다시 또 곤두박질친대도 모두 다 지나갈 것이므로.
모든 것은 이유가 있기도, 없기도 한다.
찾으면 찾는 대로, 내버려두면 두는 대로
모든 것들이 존재 그대로 이유이다.

"애쓰되,
너무 애쓰진 말아요."

3. 돌아가는 것의 미학

* * *

플랜 비, 씨, 디

나는 출근길 러시아워에 촌각을 다투는 누구나의 평범한 아침도 보냈고, 샌드위치 가게에서 크림치즈 베이글을 한 입 베어 물며 멀쑥한 정장 차림의 사람들을 구경하는 평범하지 않은 누군가의 아침도 보냈다. 아니, 사실 지금도 나는 그 평범하지 않은 누군가의 아침을 보내고 있다. 뜻대로 되지 않는 지독한 순간이 길어질수록 반갑지 않은 장기 투숙객, 슬럼프가 문을 두드린다. 그것은 하고 싶은 일과 해야 하는 일 사이 생존의 문제가 걸린 냉정한 현실일 수도 있고, 마음껏 능력을 발휘할 수 없는 기회의 희소성 앞에서 느끼는 무력감이나 혹은 아무것도 보장되지 않은 내일에 대한 불안감일 수도 있다.

살아가는 동안 생존의 문제 앞에서 언제나 '을'일 수밖에 없는 우리, 언뜻 보면 꽤 불리한 조건이지만 그래도 한가지 다행인 것이 있다. 직구가 힘을 쓰지 못할 때 우리에겐 플랜 비(Plan B), 플랜 씨(Plan C), 플랜 디(Plan D)의 커브볼을 선택할 수 있는 기회가 있다.

내려놓음과 체념은 별개의 것이다. 버거움을 내려놓는 것이 쉼표라면 체념은 백기의 마침표이다. 그것이 달팽이처럼 느리고 개미처럼 보폭이 작은 순간일수록 천천히, 조금씩 돌아가야 하는 이유이다. 정상보다 완주에 의미를 두면 까마득하던 모든 것들이 가능해진다, 정말 거짓말처럼. 힘들지 않은 사람 없는 세상이지만 그래도 역시, 우린 또 그렇게, 다시 해낼 것을 알기에.

***

마라토너

선선한 가을바람이 불던 지난해, 나는 작은 도시로 여행을 떠났다. 때마침 그곳에선 Ben E. King의 '스탠 바이 미(Stand by me)'가 시민들을 위한 마라톤과 함께 연주되고 있었다. 나는 작고 완만한 언덕에 놓인 벤치에 잠시 앉았다. 묘한 정적 속에 잔잔히 흐르던 선율은 시간을 느리게 잡아 당기며 구름 한 점 없는 하늘 위로 흩어졌다. 그들은 턱 끝까지 오른 가쁜 숨을 무언의 격려와 함께 고르고 천천히, 다시 뛰기 시작했다. 그리고 잠시 후 언덕의 끝이 또 다른 평지와 연결되는 곳에서 작은 점이 되어 유유히 사라졌다.

섞을수록 어두워지는 물감의 혼색과는 달리 빛의 삼원색이 함께 모이면 흰색의 투명한 '빛'이 된다. 딱히 흰색이라 표현하기도 어려운 그것은 언제나 그때를 생각나게 한다. 물감은 섞을수록 어두워지지만 나는 여전히 삶만은 가산혼합이길 바란다. 더해지면 더해질수록 하나의 투명한 빛으로 밝아지는 빛의 삼원색처럼.

언덕쯤은 아랑곳하지 않고 내달리는 사람,
숨을 고른 후 다시 뛰는 사람,
뒷걸음질로 다가와 함께 걸어주는 사람,
그리고 멀리서 격려해주는 사람.

뛰어가든, 걸어가든
앞서가든, 뒤처지든
우리에게 필요한 건 결국 사람이다.

삶의 긴 마라톤에서
기다려주고, 지켜주고, 안아주는
그런 사람들.

* * *

'나'로 사는 용기

나는 여전히 꿈을 꾼다.

이십 대의 그것과 달라진 것이 있다면
더 깊고 넓어진 삶의 경계, 그 어디쯤에 맞물려 있는
두 번째 사춘기를 뜨겁게 맞이하고 있다는 것.

새로운 것에 발을 들일 때마다 늘 설레임과 두려움의 유리 위를 걷
는다. '철이 들어야 한다'는 이유로 구깃구깃 꿈을 접어 가슴 한켠
에 던져도 보았지만 그럴수록 그것은 오히려 종이학의 꼿꼿한 모서
리처럼 심장을 쿡쿡 찔러 댔다.

살다보면 누구에게나 변화의 계절이 찾아온다. 그 변화가 당신
이 진심으로 바라던 것이라면 두려움을 포용하는 대담한 이가
되길. 그러나 그것이 당신이 그토록 원하던 것이었대도 두려움
을 끌어안을 준비가 덜 되었다 느낀다면 스스로를 기다려주길.
당신이 당신의 마음과 '함께' 걸을 수 있도록.

모든 방황은 이유가 있다. 롤러코스터 같은 삶의 일렁임도 살아있기에 느낄 수 있는 축복이다. 위태로운 시간의 구름 위에서 나는 매일 내게 최면을 건다. '두려워하면 구름 아래로 발을 헛디딜 것이고, 계단으로 삼는다면 나는 계속 나아갈 것이다.' 생(生)의 지독한 반증과도 같은 내 삶의 모든 계절들을 나는 비로소 사랑한다.

삶의 마지막 순간
내 생(生)의 모든 선택의 결과를 끌어안은 순간들,
영리하지는 않지만 온전한 마음으로 노력한 시간들,
그리고 사랑하고 사랑했던 모든 것들에 대한 기억.

그거면 충분하다.

고개를 들어요.

당신이 꿈꾸는 그것, 분명 해낼 수 있을테니.

당신에게 가장 적당한 타이밍,

그때에 모든 것이 한곳을 향해 일어날 겁니다.

당신을 위해.

지금,

당신은 당신의 마음과 함께 걷고 있나요?

에필로그

아름답고 낯선 당신에게

에필로그를 쓰는 지금 많은 생각이 드네요. 저는 지금 제 삶에 있어 가장 가파른, 하지만 그로 인해 제 자신에게 조금 더 가까워지는 시간을 보내고 있습니다. 누군가 제게 현실의 벽에 부딪히면 작가로서의 길을 멈추겠냐고 물었습니다. 저는 단호하게 "아니요."라고 말했습니다. 때때로 행복은 용기를 필요로 합니다. 언제부터 행복이 용기를 필요로 하게 되었는지 알 순 없지만 제 글과 그림이 당신의 마음 한켠을 보듬어 줄 수 있기를, 강철 심장을 원하지만 사막처럼 무딘 심장은 되지 않기를 바래봅니다.

그대의 일상이 1℃씩 따뜻해지길 바라며
아름답고 낯선 당신에게.
God bless you.

고맙습니다.

* * *

P. S.
- 추신 -

이제 연애 소설을 준비합니다. 끌리는 감정이 사랑의 전부가 아님을 알게 된 우리들의 흔하고, 흔하지 않은 보통의 사랑 이야기들을 현실적으로 들여다보려 합니다. 그래서 제 소설의 시작은 만남이 아닌 헤어짐으로부터 출발합니다. 모든 새로운 사랑의 시작이 그렇듯 말이죠. 다른 성향과 감정의 계절을 사는 이들의 서로를 향한 여정을 담은 옴니버스식 단편 연애소설.

다시 사랑할 수 있을까 두려운
우리들의 기적처럼 남은 페이지들을 위해.

김민주 드림.

일상 속 상상 다이빙

초판 1쇄 | 2017년 7월 20일

글, 그림 | 김민주
펴낸이 | 이금석
기획 · 편집 | 박수진
마케팅 | 곽순식
물류지원 | 현란
펴낸곳 | 도서출판 무한
등록일 | 1993년 4월 2일
등록번호 | 제3-468호
주소 | 서울 마포구 서교동 469-19
전화 | 02)322-6144
팩스 | 02)325-6143
홈페이지 | www.muhan-book.co.kr
e-mail | muhanbook7@naver.com

가격 13,500원
ISBN 978-89-5601-355-8 (03810)